窓／埋葬

2023. 2

窓／平野明

本屋（二子玉川店）の店長に勧められた横田創の埋葬がどうしても読みたい。絶版らしいけどどこかで見かけたら教えて欲しいと恋人に伝えたら、1週間後「高円寺で見つけた」とプレゼントしてくれた。オレンジの帯でもう好きになった。うれしくてスキップしながらバイト先へ行くと、店長もその本を持ってきていた。腰を抜かした。待ち構えたようにその本はいた。わたしの元に2冊の埋葬が届いた。

全然わからなかった。ただ胸に突き刺さり、空洞を残して終わったその本がわからなかった。ドトールを出たら夕暮れで、気晴らしに自転車を3時間漕いでも全然、もう埋葬を読んでいない自分には戻れなかった。

わかったのは、このひとは待っているということだけだった。語りながら語られることを望んでいた。比喩ではなくそれがこのひとの全部（内容と形式）だった。いままでたくさんのひとがこのひとを見つけては語ってきたはずなのに、わたしを語ってと無言のまま見つめてきた。わたしが見つけたのではなく、本にわたしが見つけられた。現実にはみ出した物語はわたしを掴んだ。だったらわかるまで読もうと決めた。いつかわたしの言葉にしよう。自転車を漕ぎながら決めた。

家がなくなって、全財産がキャリーバッグひとつになっても手放せなかった。荷物をつめたら本は3冊しか入らなくて、それでも埋葬は残った。ほかの本は小包にして青森の実家に送った。だって埋葬は約束だった。約束だけがいつもわたしを生かした。キャリーを引きながら空港に向かった。

知らない土地の、ばかみたいに広くてあたたかい海を背泳ぎしていた。背中に砂を感じるぐらいの遠浅で、泳いでも泳いでも空は続いた。ずいぶん泳いだ。さっきの水牛の声も聞こえなくなった。立ち上がると、音を吸った海と光以外なにもなかった。この世界の果てみたいな場所で、なぜか連れてこられなかった方の本たちを思い出していた。

この、欠けながら満ちている、満ちているという状態で欠けている、ひとつの輪のような世界に対して、もはやわたしにできることは窓になることだけだった。模写だけがわたしにできることだった。埋葬を手にしてから3年が経っていた。

見つけることだけがわたしを生かした。それは宛先のない手紙を拾って、また宛先を書くことだった。いつか埋葬を語りたい。いま雪すごいよと写真を送りたい。またあのひととテラスでコカゼロを飲みたい。あの夜を。あの本を。あのひとを。わたしは語りたい。あなたがどんなにかわいいか気づいていないあなたに教えたい。

2人はファミレスにいた。2人でいつもファミレスにいた。悦子の電話が鳴るまでの時間つぶしをしていた。4人掛け座席。端から2つ目の窓席だった。昼はテーブルにひだまりができた。それは夜に向かって消えていくのだった。

悦子　しらはま。
まつり　ま。まばたき。
悦子　タキシード。
まつり　ど。ドーナツ。
悦子　なつやすみ。
まつり　み。ミシガン州。
悦子　ガソリンスタンド。
まつり　これしりとり？
悦子　うんしりとり。
まつり　えっちゃんしりとりって知ってる？
悦子　知ってるよ。
まつり　しりとらないになってるよ。
悦子　しりとらない？　うそ。
まつり　言葉が食ってる。
悦子　なんだっけ。次。
まつり　ど。
悦子　ドーナツ。
まつり　さっき言った。
悦子　なつやすみ。

まつり　まだあるよドなんて。
悦子　種差海岸。
まつり　あ。ん。だ。

悦子はテーブルに突っ伏した。まつりの目を見た。

悦子　の。目の前。の。ファミレス。にいました。
まつり　いつ?
悦子　いま。
まつり　えっちゃん電話。
悦子　時間だ。旦那さんが帰ってきた。
まつり　出ないの。
悦子　出るよ。出る出る。もう出る。出まーす。

悦子は立ち上がった。まつりを残して旦那さんの待つ家に帰った。

春　2023年4月某日午前9時20分ごろ。青森県西津軽郡岩木山麓の海岸の雪の下から。30歳前後と見られる女性の遺体が発見された。着衣などの乱れはなく現場で争った形跡がないことから事件性は薄く。大雪の影響による遭難事故か自殺と見て青森県警が調査を進めていたところ。翌日男が現れた。青森県青森市の中央交番で事件への関与を仄めかしたのは夫を名乗る本田高史氏（36）。その後青森県警に移送し取り調べたところ。氏は青森市にある自宅の2階の寝室で。妻である本田悦子さんを殺害し遺体を海岸まで運び遺棄したと供述した。わ。

まつりは新聞を取り上げた。

まつり　取られた。

春　それ。こっちのセリフです。

まつり　これね。あたしなの。

春　え？

まつり　あたしが運んだの。だけどえっちゃんってこんな顔だったっけ。ほんとはもっとかわいいよね。誰が撮るんだろうね。撮ったのかな？　こんな写真。

春　旦那さんじゃないですか？

まつり　えっちゃんを？

春　分かんないけど。

まつり　あたしは撮らなかったの。撮らないの。いまになってもあのとき写真の

1枚でも撮ればよかったとは思わない。思わなかった。

春　待って。

まつり　じゃあね。バイトがんばって。

春　窓を。拭いていると。向こうの山の峰も拭いてるみたいだ。雪の残った頭をこうやって。そのとき窓は忘れられている。山は窓を置いていく。自分を語らせる口にする。わたしは黙って窓になる。口になる。それがわたしの仕事だと思う。だけどほんとうは待っている。窓のまま語られるいつかを。黙るのまま叫んで。山のまま窓をしているいまを。今日はほんとにいい天気。忘れてしまいそうなぐらいりっぱな岩木山が。いろんな誰かに振り向かれている。

まつりは悦子の死体を抱えた。服も靴もいっぺんに抱えた。駐車場までの雪道を抱えたまま走った。

まつり　一刻も早くあたしはあの場所に戻らなければならなかった。先週の土曜日の夜からやり直さなければならなかった。彼女だけをこのまま死なせておくわけにはいかなかった。白いコンバース。買ったワンピース。雪をいくつも踏みつけて。駐車場までのあぜ道を夢のように走った。走るの中で走っていた。すでに自分の中ではいるはずの場所にまだいない現実を。ただ重ねるためだけにあたしは走った。末端から始まり全身に及ぶ死後硬直との競争だった。

悦子を助手席に座らせた。シートベルトをして座らせた。車を出した。

まつり
ハンドルを右に切りそしてまたすぐ左に切った。４日前岩木山へ出掛けたときと同じだった。０３０９。道はどこもすいていた。０３１０。同じ並びの数字。０３１１。なにも変わらなかった。

小さくあくびが。噛み殺す前に次のあくびが。まつりのまぶたを熱くした。

まつり
もしかしたらあたし。眠いのかもしれなかった。車のフロントガラスが遠くに見えた。車線を区切る白いラインがぼやけ始め。ワイパーの拭き残しをあたしは走っていた。ガードレールで砕けたハイビーム。ガソリンスタンドのうつろな広がり。あかりを落としたファミレスの中に沈澱した暗闇。とともに夜が。車の中に流れ込みあたしの中を通過した。あたしはあたしの見ているものとしていることの境界線が。分からなくなる。ねえ。岩木山ってどっちだっけ？

悦子は寝たふりをしているのかもしれなかった。

まつり　ねー。えっちゃん？

返事はなかった。

まつり　0320。0321。0322。キャンプにはよく行った。ほんとよく行った。家ならあるのに。なんならあたしの家と悦子家（えつこけ）と2つあるのに。あたしたちは3つ目の寝床を探してキャンプに出掛けた。だからこれがいつの声なのか。道のりなのか。思い出せない。

悦子は岩木山のキャンプを楽しみにしていた。ほんとうに楽しみにしていた。せっかくだし新しい上着でも買おうと言って、まつりをイオンの2階の隅にあるファッションセンターごとうまで連れていった。薄ピンクの試着室からは悦子の声だけがした。

悦子　ねー。

まつり　なに？

悦子　ねー。
まつり　どこ？
悦子　ねー。
まつり　いつ？
悦子　いま。

カーテンが開いた。

悦子　これ。どうかな。4月には寒いかなあ。
まつり　いいんじゃない。
悦子　うーん。微妙。て。別にこれがいいとかないんだけどね。

悦子は着たばかりのキルティングのコートをもう脱いでいた。足元には脱いだ服が小山をつくっていた。サンダルがぱたんぱたん鳴る音がした。おさげをシュシュでくくった店員さんだった。悦子は見逃さなかった。

店員　いかがでしたか？
悦子　あなたが着てるそれ。
店員　それ。と言いますと？

悦子　そのワンピース。同じものってありますか？
店員　あ。ありますよ。

悦子はひとの服を欲しがった。だけど憧れていたのではなかった。まつりは店内を物色することにした。服やら靴やらを抱えた店員さんとすれ違った。
もしかしたら悦子も以前はこんな場所で働いていたことがあったのかもしれなかった。試着室から声だけがした。どこを歩いていても聞こえてくるその声は。声の声は。思い出は。いつ思い出してもいま聞いてるみたいに聞こえてきた。

悦子　いいの？
店員　どうぞ。
悦子　いいの？
店員　どうぞ。
悦子　いいの？
店員　どうぞどうぞ。
悦子　どうかな。

店員　似合ってます。

売り場を1周して戻った。同じ背中の2人が肩で笑っていた。

まつり　えっちゃんお待たせ。

片方が振り返った。

悦子　こっちこっち。どうかなあ。春には寒いかなあ。
まつり　上着を貸すよ。
悦子　ねえ。夜逃げみたいだね。

高速道路の赤い料金所が見えた。古い蛍光灯が悦子の寝顔を少し触った。なにもかも同じだった。まつりはパワーウィンドウのスイッチを押して窓を開けた。おとなしい雪が迷い込んだ。

まつり　ええそうです。4日前の夜です。多分いまとほとんど。いやまったく同じ時刻にあたしはこの車でこの料金所のこの前を通過したんですよ。彼女はいま。ちょっと訳あって目を覚さないのでお構いすることはできませんが。どうぞ思い出してください。ほらもっと遠慮なさらずにほら。どうでしょう？　あなたはあたしたちの顔に見覚えはありませんか？

悦子はこのキャンプをほんとうに楽しみにしていた。だけどちょっとワンピースは早すぎた。4月と言っても雪が溶けただけの青森だった。まつりは上着を貸した。ふとんのようにくるまった。言い出しっぺは眠ってしまった。

まつり　ハンドルを右に切りそしてまたすぐ左に切った。もしかしたらあたし。眠いのかもしれなかった。眠気覚ましのために窓を開けると。隣で眠る彼女の髪の毛が舞い上がった。のを。視界ぎりぎりのところであたしは見ていた。いまもあのときも起きていたのはあたしだけだった。

眠ったふりだとまつりは思った。悦子は寝たふりをしている。ふりの中でまつりを見ている。ふりだと思ったから知らないふりをした。ふりの中で悦子を見ていた。見ている。

まつり　ねー。寝てるの？

車が跳ねて悦子の首がかくんと落ちた。急に不安になった。まつりは手を伸ばした。

まつり　ねー。

悦子は目を開けた。まつりの方を向いた。笑ってみせた。

まつり　もう。
悦子　なんだ。起きてたのか。
まつり　取んないで。起きてたのか。
悦子　起きてた。これ。ときどきやっちゃうんだよね。
まつり　ときどき？
悦子　いつもでしょ。
まつり　ねえ。
悦子　あはは。
まつり　じゃあ次。あたしはなんて言おうとしてるか分かる？
悦子　えー。そんなの分かんなーい。なに？
まつり　次の交差点どっち？
悦子　左かな。

悦子／まつり　かなやめて。
悦子　いまどこ？
悦子／まつり　五所川原。
悦子　いま何時？
悦子／まつり　おやじ。
悦子　オレンジ。
まつり　俺んち。
悦子　ハレンチ。
まつり　メバチ。あ。
まつり／悦子　カンパチ。
まつり　くだらない。
悦子　トンカチ。
まつり　まだやんの。
悦子　あいづち。ふいうち。ぼうだち。まちまち。
まつり　なんか運転下手になった気がする。
悦子　安全第一。
まつり　冬って運転したくなくてさ。今年雪すごかったし。
悦子　ね。でももう春だよ。
まつり　春かあ？

悦子　4月だから。
まつり　4月だけど。
悦子　ねえ。まつり。
まつり　うん?
悦子　しりとりしようよ。
まつり　いいよ。
悦子　しりとり。
まつり　り。りんご。
悦子　ごりら。
まつり　らっぱ。
悦子　パオパオ。
まつり　オーシャンビュー。
悦子　道の駅。
まつり　えっちゃんしりとりってね。
悦子　じゃなくてあった。道の駅。
まつり　あと1時間で着きそうだけど。
悦子　せっかくだしなんか飲もうよ。インスタントコーヒーとかでいいよ。

まつりは大学生のとき、種差海岸のファミレスでバイトをしていた。居心地のよさに卒業した後もだらだら続けていた。

バイトの中では年長ということでシフト調整役はまつりだった。で。今日バイトの面接にひとり来てるんだけど。ちょっと忙しいからまつりちゃんとりまお願いできない？　採用でいいからと社員に振られた窓際の席に、座っていたのが悦子だった。

春　お待たせいたしました。ブレンドコーヒーです。お砂糖ミルクはご利用ですか。

まつり　ミルクで。

悦子　お砂糖ください。

春　かしこまりました。

悦子　すみません。

まつり　いえいえ。

悦子　光岡悦子と申します。よろしくお願いします。

まつり　よろしくお願いします。担当の河合まつりです。

悦子　これ。履歴書です。

まつり　すみません拝見します。今日はアルバイト希望ということですよね。

悦子　はい。最近こっちに引っ越してきたので仕事を探していまして。

まつり　どちらからですか?
悦子　岩手です。
まつり　へー。八戸には誰かご親戚とかお知り合いがいるとか?
悦子　いません。でも種差海岸があるから。
まつり　え。種差?
悦子　はい。好きなんです。ここの海。
まつり　それで。
悦子　それで近くで働いてみたくて。
まつり　えー。近くっていうか目の前っていうか。てか言うほどいいですかここ。なんもないし。
悦子　なにはともあれ海がある。じゃないですか?

2人で窓を見た。窓の向こうの海を見た。

まつり　え。はい。そっか。
悦子　そっかなの。
まつり　あること忘れてました。
悦子　あんまり海に降りたりはしないんだ?
まつり　近いとまったく行かないっていうか。

悦子　そんなもんか。
まつり　で。アルバイトの話ですが。
悦子　はい。
まつり　ぜひよろしくお願いします。うち全然ひとたりてないし。社員もみんなファミレス部みたいなノリですけど。もしよかったら明日からでも。大丈夫ですか？　じゃあ。どうぞよろしくお願いします。

春は2人のカップを下げた。

春　悦子さんに出会ったのはバイト先のファミレスだった。わたしの方が年下なのに先輩だったけれど。明るくて気が利いて。わたしなんかよりずっと昔からファミレス部のひとりだったみたいになんでもした。そういう笑い方をした。悦子さんがえっちゃんと呼ばれるより前から彼女はもうなつかしかった。
悦子　おぼんもらうよ。
春　すみませーん。

3人ともシフトは基本夜だった。よく並んでお皿を拭いた。夜は遅かった。

まつり　今日何時上がりですか。

悦子　10時だよー。

まつり　いいな。あたしら12時までなんですよ。店長が風邪ひいたから。ね。

春　はい。

悦子　そうだ。あれ持ってきたよ。

まつり　なんですか。

悦子　ちょっと待ってて。

悦子は自分のバッグを掴んで戻ってきた。急いで戻ってきた。

悦子　写真。見たいって言ってなかった？

まつり　嬉しい。待って。いま手ぇ濡れてます。

春　え。写真？　悦子さんて写真撮るんですか？

悦子　ちょっとね。どうぞ。

春　ありがとうございます。

まつり　これどこですか？

悦子　どこだと思う？

まつり　え。種差？　そっちは。

春　すごい。なんか絵みたい。

まつり　悦子さんすごくない？
春　すごい。
まつり　あの。これっていくらで買えますか？
悦子　いくらって。
まつり　買いたいです。
悦子　いいよそれ。2人にあげる。じゃああたしもう時間だし。
春　あ。外。雨降ってました。
悦子　げ。ほんと？
春　気をつけて。
悦子　はーい。お疲れさまでした。
まつり　すごい。すごいすごい。

春　とにかくすごいとそればかり言っていた。すごいすごい。ほんとにすごい。最初に見たのは種差海岸の写真だった。
まつりはあれほど写真をすごいと思ったことはなかった。帰りのバスの中で写真を眺めた。街灯のオレンジが、写真にうつる海を染めた。

まつり　あたし自分でギャラリーを開きたい。そして悦子の。光岡悦子の写真を展示する。

まつりはほんと、するとかしたいとかではなく、これはまつりの全部だと思った。休日に招いてくれた悦子のマンションでまた加速した。まつりの全部にすると思った。することにした。

悦子　ああやってね。風呂がまっていうの。お風呂に板わたして暗室がわりにしたりね。現像液とか紙とかね。までも一応集めただけのいろいろだけどね。あたしはデジカメで写真を撮るだけでじゅうぶんっていうか。撮るが好きだから。

まつり　撮るが好き?

悦子　あたしは見るが好き。

まつり　あ。取られた。

悦子　ごめんごめん。ときどきやっちゃうんだよね。

まつり　こういうの?

悦子　そうそう。帰ってきた親に向かってただいまって言うみたいなね。相手のセリフを言うのを我慢して。自分が言うべきセリフを考えているうちに。あれもともと自分はどっちにいたっけ。どっちを言うべきなんだっけってときどき分かんなくなるの。ときどき。いつもか。

猫　カーテンが少し開いていて。そこから誰かがわたしを見つけた。

まつり　あ。ねこねこ。
悦子　どこ？
まつり　窓の外。行こうよ。

猫　お日さまの下にごろりと転がると。雲の影がわたしを流れた。

悦子　あのね。これはトップシークレットなんだけどね。
まつり　うん。
悦子　空はほんとうは誰かが色を塗ったものなんだよ。
まつり　そうなの？
悦子　そうだよ。おいで。こいつなんかふてぶてしいね。
まつり　かわいいよ。撮る撮る。

猫　指先がそっと伸びてきて。頭をついついと撫でた。そのままふんわり抱き上げられた視線の先の雲の行方をわたしはずっと眺めていたかった。

悦子　撮れた？

まつり　うん。これかわいくない？
悦子　かわいい。
まつり　えっちゃんも撮ってよ。
悦子　撮ったけど。かわいくないよ。
まつり　かわいく撮れない猫なんていないよ。見せて。
悦子　ふふ。猫の写真を見るとさ。
まつり　うん？
悦子　わーかわいいって言うでしょ。それは写真がかわいいのかその中にうつってる猫がかわいいのかっていったら。間違いなく猫でしょ。
まつり　うん。
悦子　写真じゃなくて猫を見てる。そのとき写真は忘れられてる。だから好きなの。写真。
まつり　撮れないな。
悦子　なにを？
まつり　えっちゃん。

猫　だからギャラリーを開きたいの。聞こえた。だからあたしは悦子という写真家を撮る写真家になりたいの。聞いていた。わたしは腕をすり抜けた。雲を追いかけて走り出した。

悦子の部屋は103だった。ちょっと寄ってくだけのつもりだった。ちょっと終バスを逃したんだった。広げられた写真をあと少しだけ見ていたかった。

まつりは悦子のマンションに住み始めた。朝は一緒に家を出た。大抵まつりが悦子を待たせた。足がストッキングを通らなかった。

悦子　まつりー。
まつり　だから。
悦子　行くよー。
まつり　だからそのうち。いや近いうちにあたしがギャラリーを作るから。ファミレス辞めて就職してギャラリーを開くから。そしたらあなたの写真を展示させてほしい。
悦子　あと2分で遅刻コースだよ。
まつり　だからその。2人でバイト辞めて場所を借りて。
悦子　店長が言ってたでしょ？　9時出勤は9時に到着することじゃないって。
まつり　調べたんだけどね。東京のギャラリーとか激たかなんだよ。青森にいるからむしろ開けることってあるかもしれないじゃん。ねえ明日にでもやろう。物件探そう。

悦子　そういうことはちゃんと計画を立ててからするものだよ。

まつり　いい？　えっちゃん。いつかそのうちとか言うけどいつかそのうちなんていつになってもこないいんだよ。

悦子　いつかそのうちなんて言ってなーい。

まつり　お待たせ。

悦子　鍵は？

まつり　あ。ない。知らない？

悦子　もー。

まつり　ごめん。追いかけるー。

ちょっと甘えてみたかった。足がストッキングを通らなかった。

悦子　まつりー。行くよー。あと2分で遅刻コースだよ。

まつり　だから。だから今期終わったら春になったら2人でバイト辞めようよ。タイミング的にもいいじゃない。で悦子はどんどんばしばし写真を撮ってもらって。

悦子　えー。

まつり　でね。おとーさんにも悦子のこと相談したんだけどね。そしたらちょっと支援してくれるって話にもなってて。ギャラリーも。

悦子　ふーん。

まつり　だからさ。

悦子　そんなことよりキャンプに行こうよ。

まつり　え。キャンプ？

悦子　キャンプはいいぞー。

まつり　行ったことない。

悦子　でしょ？　まずは種差。そしたらおいらせ。月見野。芦野公園。

まつり　あたし自分のベッドじゃないと寝れないかも。

悦子　いま居候してるでしょ。

まつり　それとこれとは違うもん。

悦子　もう行くよー。

まつり　ねえ。鍵知らない？

悦子　知らないよ。

まつり　え。待って。

玄関が閉まる音がした。雨の予報を伝えるアナウンサーの声を後ろ手で消した。追いかけた。

春　あ。雨。

悦子　傘。持ってる?

春　いや。持ってないんでここで雨宿りします。

悦子　あたし持ってるよ。入る?

春　どっから出したんですか。まさかぬすん。

悦子　うん盗んできた。むかし決めたの。ビニール傘なら盗んでもいいってひとりで勝手に決めたの。急に雨が降り出して傘がなくて困ったときはお互いさまだからビニール傘は傘がなくて困ったひと全員に解放するべきだとコンビニでビニール傘を盗まれたときに思ったの。ね。早く行こう。

まつり　あ。傘がない。

春　え。ない?

まつり　ない。うわ。パクられたわ。

春　ビニ傘ですか?

まつり　うん。うわー。やっぱちゃんとした傘を買えってことか。

春　裏に何本か置いてませんでしたっけ。

まつり　確かに。

春　ですよね。

まつり　ありがとう。あ。先帰ってて全然いいよ。

春　はい。あの。
まつり　ん？
春　まつりさんあのひとのこと。好き？
まつり　え。まあ。
春　わたし。きらい。
まつり　そうなの。
春　ていうか。怖い。
まつり　どこが？
春　なんだろう。純粋さ。
まつり　褒めてんじゃん。
春　そっか。
まつり　じゃ。気をつけて。
春　お疲れさまでした。

バイトが終わった。まつりは悦子のマンションが好きだった。エントランスが特に好きだった。だってもう会えた。まだ会ってないのにもう会えた。103を押した。ひらいた。

まつり　ただいまー。

悦子　おかえり。雨まだ降ってた？
まつり　降ってた降ってた。
悦子　ねえまつり。
まつり　ん？
悦子　バイト辞めたよ。辞めてきた。

傘を巻く手を止めた。

悦子　店長に話してきた。それでいま。こんな写真を撮ってるんだけど。見てくれない？
悦子　ねえ。なんか言ってよ。
まつり　それは。それはこっちのセリフだよ。なんか言ってよ。せめて明日辞めるぐらいは言ってよ。
悦子　辞めたよ。言った。

静かに握られている写真はどこかの海のようだった。

写真　遊泳区域。

もっとよく見たらどこの海か分かったかもしれなかった。けれどしなかった。頭を拭くためのバスタオルを掴んだ。

まつり　ごめん。今日はうまく分からない。
悦子　もう寝るの？
写真　遊泳禁止。
まつり　ちょっと疲れた。
写真　わたしにはこういうことが多すぎる。いや多すぎた。
悦子　相談してくれればよかったのに。言ってくれればよかったのに。
まつり　おやすみ。
悦子　て。これしりとり？
写真　そうしりとり。
悦子　しりとり。しりとらない。とれない。とりたい？　しりとろう？　あ。しりとろうだそうだそういう意思なんだ。あたしにたんないのは。
写真　行ってらっしゃい。
悦子　行ってきます。
写真　おかえり。
悦子　ただいま。

まつり　えっちゃん。あたしバイト辞めようかな。
悦子　行ってきます。
まつり　うん。辞める。絶対辞める。今日辞める。いますぐ辞める。ここで辞表書いて店長に叩きつける。そのくらいのことあたしにだって。
悦子　行ってらっしゃい。
まつり　行ってきます。
悦子　おかえり。
まつり　ただいま。
写真　しりとり。りんご。
悦子　ただいま。
まつり　おかえり。
写真　ごりら。らっぱ。
悦子　行ってきます。
まつり　行ってらっしゃい。
写真　海の音。猫の目。目の空。

1週間たった。1ヶ月たった。まつりは辞めるどころか少し重要な仕事を任されるようになった。バイトへ行った。

悦子　ただいま。
まつり　いらっしゃいませ。
悦子　おかえり。
まつり　ありがとうございました。
悦子　行ってきます。
写真　うみのね。ねこのめ。めのそら。

誰も言ってないいつかそのうちなのだった。写真に夢中なふりをする悦子の背中と現像液の匂いがひたすらにむかついた。それで意地でもバイトに向かうようになった明け方にはもう、悦子は写真を見せてはくれなかった。
バイトが終わった。悦子のマンション。マンションのエントランス。会わずに会えた。会うを取った。先取りした。

悦子　ただいま。
まつり　おかえり。
悦子　疲れた。
まつり　お疲れ。
悦子　まだ起きてたの？

まつり　眠れなくて。
悦子　なんの写真？
まつり　いろいろ。
悦子　りんごも。ごりらも。ドーナツも。
写真　うみのね。ねこのめ。めのそら。
まつり　寝るよ。
悦子　エプロンの結び目。白のコンバース。アザミの花。
まつり　悦子。うるさい。
悦子　印字ミス。チーズハンバーグ。油性ペン。の。細い方。レジ金チェック。盗んだ口癖。店の目の前。水平線。

しりとりが途切れた。

外が白み始めた。いまさら眠る気もしなくてまつりは薄く目を開けた。写真を繰る指が見えた。暖房が夜のままの、だらんとぬくもった部屋だった。

まつり　まだ起きてたの？
悦子　眠れなくて。
まつり　まさか。

悦子　ずっと起きてたの？
まつり　起きてた。
悦子　あー。ねむい。
まつり　写真？
悦子　うん。
まつり　好きだね。
悦子　うん。
まつり　なんの写真？
悦子　いろいろ。
まつり　あ。あたし当てようか。この間のキャンプの写真？

手を伸ばして。トランプのように写真を引き抜いて。宙でひらいて。

悦子　返して。

それから。それからまつりはなにを言ったっけ？

まつり　男だ。
悦子　勝手に送られてきたの。

まつり　イケメンじゃん。
悦子　ブサイクばっか。
まつり　公務員。県庁勤務。ふーん。いいんじゃない。
悦子　なにが?
まつり　結婚すれば。
悦子　ねー。返して。
まつり　趣味。写真だってよ。
悦子　まつり。

目がまつりを見ていた。

悦子　こっちに来て。

こっちに来てというのは向かいの椅子に座ったらという意味だった。
足は凍りついていた。1歩でも歩いたらさらわれる気がした。次自分がなにを言うのか、言ってみるまで分からなかった。

まつり　結婚すればいいじゃない?

まつり　あたし本気でえっちゃんは結婚した方がいいと思う。結婚できるんならした方がいいと思う。だっていま32でしょ。えっちゃんは30代。えっちゃんはかわいい。えっちゃんはお金がない。だけどえっちゃんは写真を続けたい。いまここにお見合いの話がある。ねえ。結婚した方がいいよ。お金と結婚は別でしょう？　お金なんてあるところから持ってくればいい。

悦子は目を閉じた。

まつり　それでそのまま。あたしを好きなまま。結婚すればいい。だってえっちゃんはそれができるでしょう？　できたでしょう？

写真　うみのね。ねこのめ。めのそら。

まつりがファミレスを辞めたのは悦子が帰らなくなった後のことだった。あっという間に結婚して、でも別に来たっていいのに、というか悦子のマンションなのに。家なのに。まるでまつりに奪われたかのように帰らなくなった後のことだった。

2人はファミレスにいた。悦子の電話が鳴るまでの時間つぶしをしていた。悦子の新しい家から1番近いファミレスだった。4人掛け座席。端から2つ目の窓席だった。

店員　お待たせしました。ブレンドコーヒーです。
悦子　えー。ファミレス辞めたの？
まつり　そう。で就職した。
悦子　へえ。びっくり。まつりがおーえる？
まつり　ううん。また飲食だけどね。
悦子　ちゃんとお仕事やってる？
まつり　やってるやってる。
悦子　上司の愚痴とか言っちゃうの？
まつり　言ってる言ってる。
悦子　どんなとこ？
まつり　チェーン系カフェ。
悦子　楽しい？
まつり　まあまあかな。えっちゃん電話。
悦子　時間だ。旦那さんが帰ってきた。

まつり　まめだね。
悦子　そうなの。まめなひとなの。

悦子は伝票を手に取って席を立った。スマホを耳に押し当てて、ひらひらとまつりに振ってみせた。

悦子　はい。もしもし。
春　もしもし。光岡悦子さんのお電話ですか？
悦子　そうです。あれ。もしかして種差の？
春　そうでーす。
悦子　うそ久しぶりー。元気？
春　まあまあです。風の噂で結婚したって聞きましたよ。
悦子　そーなの。いまや本田だよー。本田悦子。
春　えー。変な感じ。
悦子　ココスにはまだいるの？
春　はい。なんかそのまま社員になってしまいました。
悦子　いいなー。
春　でなんですけど。いまどこいるんですか。源泉なんとか送らないといけないみたいで。

悦子　いま？　あたしはね。いま青森にいるよー。

まつり　悦子は青森市に引っ越した。でも救いだったのは近くにバイト先と同じファミレスがあったことかな。知ってる？　ファミリーレストラン・ココス。あたしあそこのハンバーグ好きで毎晩でも食べられるから仕事終わりに毎晩行った。親に頭下げてハンバーグのために車の免許も取った。行った。うん。そう。行った。行った行った。ほんと行った。左手でスマホ握りしめたまま右手でフォーク持ってハンバーグを突きながら待った。待って。待ってた。時間になってね。窓の向こうから水色の自転車が走ってくるのが見えるともう。いつでも泣いてしまうぐらい嬉しくて。これから帰ると旦那から電話が来るまであることないことなんでも話した。

悦子　ほら。あれが社会の中にいながら社会の中から消えてしまったあたしたちだよ。まつりは嫌だ？　ああいうひとたちになるのは。なんの役にも立たないひとになるのは。嫌？　あたし？　あたしは嫌じゃないかな。まつり。お皿を洗うのも楽しいよ。朝刊を取るのも。たまごをボウルでかちゃかちゃとくのも。ねぼけた旦那さんにおはようって言うのなんてこれ以上なにかいるのかなって思うくらい楽しいよ。意外といい加減でやさしくて。ね。雪が溶けたらキャンプに行こうよ。どこに行こうか。岩木山とか行っちゃおうか。あ。電話だ。時間だ。旦那さんが帰ってきた。仕事がんばってね。まつり。

まつり　そうやって。毎回キャンプの約束をして。あたしの家でも悦子の家でもない家に悦子はまっすぐ帰っていった。それであたしはまたひとりになって。朝までずっと起きていた。ときどき窓の外を眺めながら。いまあなたがどこでなにをしているのか考えた。想像するというより考えた。あなたのことをいっつもあたしは考えてた。思ってた。

岩木山までもう少しだった。4月なのにこの雪だった。風は強まり視界を白くさえぎった。まつりの車が進めば進むほどだった。こんなの目をつぶっているのと同じだとまつりは思った。

悦子　ねー。
まつり　なに？
悦子　ねー。
まつり　どこ？
悦子　ねー。

まつり　いつ？
悦子　いま。
どこにいても聞こえるその声は。声の声は。思い出は。いつ思い出してもいま聞いてるみたいに聞こえてきた。
まつり　ハンドルを右に切りそしてまたすぐ左に切った。車のフロントガラスが遠くに見えた。あかりを落としたファミレスに気を取られ。とともに思い出が。車の中に流れ込み。あたしの中を通過した。あたしはあたしと彼女の境界線が分からなくなる。
あ。電話だ。
悦子　もしもし。
まつり　もしもし。えっちゃん。
悦子　おはよう。旦那さん仕事行ったよ。
まつり　今日日曜でしょ。
悦子　休日出勤。
まつり　ブラックじゃん。

悦子　でね。いま部屋を片付けたんだけど。うちに来ない？
まつり　いや。いいよ。
悦子　大丈夫だって。
まつり　怖い。
悦子　大丈夫だから。おいでよ。

冬の始まりに、悦子はまつりを家に誘った。悦子に続いて階段を登った。てか、悦子のかかとばかり見てた。ふとかかとが立ち止まった。顔を上げると悦子はまつりに手を伸ばしていた。

まつり　ちゃんと奥さんやってる？
悦子　やってるやってる。
まつり　パンツ干してる？
悦子　干してる干してる。
まつり　どんなひと？
悦子　プレステ好き。
まつり　年収は？
悦子　５００万。
まつり　一緒に寝てる？

悦子　寝てる寝てる。
まつり　全然分からない。
悦子　なにが？
まつり　どんな相手か。
悦子　知りたいの？
まつり　話してよ。

悦子　ごめん。この部屋の先にはもう行けない。そんなことよりキャンプに行こうよ。どこに行こうか？　どこでもいっか。
キャンプにはよく行った。悦子が結婚してからはほんとよく行った。家ならあるのに、なんなら2つあるのに、2人は3つ目の寝床を探してキャンプに出掛けた。だからこれがいつの声なのか、道のりなのか、思い出せない。

まつり　ハンドルを右に切りそしてまたすぐ左に切った。悦子を乗せて岩木山へ向かった。雪が溶けただけの4月だった。だからちょっとワンピースは早すぎた。0309。眠気覚ましのために窓を開けると。隣で眠る彼女の髪の毛が舞い上がった。いまもあのときも起きていたのはあたしだけだった。

悦子はほんとうは寝ているふりをしているのかもしれなかった。

まつり　ねー。寝てるの？

車が跳ねて悦子の首がかくんと落ちた。まつりは手を伸ばした。

まつり　えっちゃん。

旦那が仕事に行っている時間が2人の時間だった。ファミレスだった。悦子の家だった。でもどこにいたって電話が鳴るまでの時間だった。

悦子は机に突っ伏して強く目を閉じていた。眠いのかもしれなかった。旦那の椅子にちょっとだけ腰掛けてみた。こうして顔を見ていると、指輪だってまつりのもののような気がした。

悦子は目を開けた。まつりの目を見た。

悦子　ねー。
まつり　うん？
悦子　週末。岩木山に行かない？
まつり　えー。もしかしてキャンプ？
悦子　そうそう。行かない？
まつり　いいけど。まだちょっと早いんじゃない。
悦子　だってもう4月だよ。
まつり　まだ寒いよ。
悦子　ねえ。いつ空いてるの？
まつり　休みは日曜だけだけど。
悦子　土曜は仕事？
まつり　うん。夜まで仕事。
悦子　じゃあ土曜の夜から出発しない？　運がよければ日の出を見ることもできるかもしれない。カレンダーにまるしておこうか。

その夜を、悦子は赤でまるく囲んだ。

まつり　旦那さんなんのまるって聞かない？
悦子　じゃあ岩木山って書いとく。

まつり　いやそういうことじゃなくて。あ。噂してれば。
悦子　出る出る。
まつり　じゃー帰るね。
悦子　土曜日ね。
まつり　迎えに来るから。
悦子　忘れないでね。まつりもね。カレンダーにまるしてね。土曜の夜ね。岩木山に行こーね。

2人はファミレスにいた。2人でいつもファミレスにいた。悦子の電話が鳴るまでの時間つぶしをしていた。まつりは思い出せる。

悦子　タキシード。
まつり　ドーナツ。
悦子　遊泳区域。
まつり　北横町。
悦子　ガソリンスタンド。
まつり　これしりとり?
悦子　うんしりとり。
まつり　しりとらないになってるよ。

悦子　知ってるよ。
まつり　しりとりってね。
悦子　ドーナツ。
まつり　さっき言った。
悦子　婚姻届。
まつり　出した？
悦子　出したよ。
まつり　浪岡インター。
悦子　駐車の横顔。
まつり　みちのくトンネル。
悦子　ブルーベリーガム。
まつり　みちのくトンネルまたみちのくトンネル。
悦子　シトラスの香り。ラジオのチューナー。こぼした電波。
まつり　種差海岸。
悦子　青森県。八戸市。鮫町。あざ。じゅうよんの。
まつり　ずるい。
悦子　早く。
まつり　うしろ姿。エプロンの結び目。白のコンバース。
てか。かかとばかり見てた。

悦子　盗んだ口癖。拾ったスカート。
まつり　そう。あなたはひとりで勉強する。
悦子　夕陽のねぎだ。今日はお鍋だ。たちりたらちり。
まつり　つららは終わり。
悦子　4月。
フライパン。
玉子焼きのイロハ。
まつり　いやイロハニホヘト。
悦子　父さんと。まさか母さんとか。
いつかイオンでランドセルとか。
桜の下で誰かを待つのかな。
まつり　根雪が溶けたら4月がある。
悦子　音を吸った雪を握る。
まつり　飛びそこねた白い鳥描いた。
悦子　ビニール傘。
まつり　傘ごしの全て。
悦子　山の番地。あざ。14の。
まつり　墨に塗られた山の裾で。
まつり　小さく街灯は流れだした。

国道101号線。
悦子　まっすぐそのまま。
まつり　言葉を綴った名無しの日々が。
闇の中で千の目を開く。
悦子　平内。小湊。諏訪神社。
まつり　ほやと鱗。氷の匂い。
悦子　上北。七戸。野辺地インター。
からからのヒトデも法螺貝も。
流れ着いた朽ちたガラスも。
海松。封筒。カンカラカンも。
全部やわらかい芝に広げた。
まつり　おいらせ。八戸。蕪島。ラピア。
悦子　春になったら。岩木山。
まつり　白浜。鮫町。字。14。
悦子　あかりをともさず言葉を結ぶ。
昼のカーテンのまま夜になった部屋の中で。
これらを全部。あなたにあげる。
まつり　あなたの声が光に染み。海流にうつる。

もうこの辺りから。

まつり　押し寄せ砕けて霧になる。雨になる。

あ。うみねこ。

まつり　またうみねこ。またうみねこまたうみねこまた。

悦子とまつりは目をつぶる。それから言葉を。耳で結ぶ。

まつり　あたしどうして。あたしあたしにになってしまうんだろう。あたしというよりあたしたち。どうしてほとんど同じなのに。家に帰ると悦子は悦子にあたしはあたしになってしまうんだろう。ハンドルを右に切りそしてすぐ左に切った。岩木山はもうすぐだった。

悦子　寒い。

まつり　だから言ったじゃない。

悦子　上着を貸して。

まつり　はい。

まつり　０４１０。０４１１。なにも変わらなかった。いま思えば最初から悦子はなにもかもあたしに話したくてこのキャンプに誘ったのかもしれないというのになにも聞かずにいた。聞かないことだけが。避けることだけがあたしは大人なのだと思っていた。結婚して生まれ直した悦子にこの春に問うべき傷などあるはずがない。そう思おうとしていたとも思わずにあたしは本気でそう思っていた。

あの日、悦子はまつりを誘ってくれた。一緒に行こうと誘ってくれた。

悦子　ねー。

まつり　うん？

悦子　週末。岩木山に行かない？

まつり　もしかしてキャンプ？

悦子　そうそう。キャンプ。

まつり　休みは日曜だけだけど。

悦子　なら夜が明ける前に出発しない？　運がよければ日の出を見ることもできるかもしれない。ほら。

2人は海岸に着いた。雪が降っていた。車のヘッドライトが1番明るかった。

まつり　岩木山。ぜんぜん見えなーい。
悦子　ねー見て。
まつり　えっちゃん帰ろ。寒いし暗いし。
悦子　雪なのに。掴める掴める。
まつり　なにやってんの。
悦子　雪って全部でどんだけあるんだろうねー。どんだけ降ったら終わりなんだろうねー。かぞえてみようか?
まつり　まさかほんとにかぞえるつもりじゃないでしょうね。
悦子　別にかぞえてはなーい。
まつり　集めているじゃない。
悦子　あたりー。集めているの。でもかぞえてはいなーい。
まつり　戻ろ。どっかお店入ろ。
悦子　傘ならあたしが持ってるよ。入る?
まつり　どっから持ってきたの。まさかぬすん。
悦子　うん盗んできた。むかし決めたの。ビニール傘なら盗んでもいいってひとりで勝手に決めたの。決めたと言っても誰に聞いたらいいのか分からなかったからひとりで勝手に決めたんだけど。

まつり　ばか。それあたしの傘よ。

悦子　え？

まつり　取手にニコちゃんついてんの。それあたしのだから。もー傘パクったの。あんただったのね。もー。

悦子　えー。ごめーん。

泥棒さんは嬉しそうに笑った。

まつり　あたしはファミレスにいた。LINEが既読になるのを待っていた。キャンプの別れぎわ。悦子は楽しかったと言って帰った。なのに67件のメッセージは未読のままだった。いつものファミレスのいつもの席で夕方まで待ってみた。悦子は来なかった。電話をしても出なかった。あたしは悦子の家に行った。行かなくても分かっていたけど行った。迎えに行った。表札には本田と書かれていた。分かっていた。チャイムを押しても出なかった。分かっていた。窓が少し開いていた。

悦子は2階の寝室にいた。ベッドの上に横たわっていた。悦子は悦子のまま悦子ではないものになっていた。

まつり　一刻も早くあたしはあの場所に戻らなければならなかった。先週の土曜の夜からやり直さなければならなかった。彼女だけをこのまま死なせておくわけにはいかなかった。

店員　窓を拭いていると。向こうの空も一緒に拭いてるみたいだ。灯台の方から雪は上がり。朝はじゅんじゅんに波をあたためた。今日はほんとにいい天気。いらっしゃいませ。ご注文はお決まりでしょうか。

まつり　あ。あたしブレンドコーヒーで。

悦子　あたしも。

店員　お砂糖ミルクはご利用ですか?

まつり　ミルクで。

悦子　お砂糖ください。

店員　以上でよろしいですか?

まつり　いい?

悦子　ねえ。すごいね。

店員　はい?

悦子　岩木山。でしょ。

3人で窓を見た。窓の向こうの岩木山を見た。

店員　あー。そういえば。

悦子　えー。

店員　久しぶりに見ました。岩木山。ていうかあること忘れてました。

まつり　これだけおおきいのに？

店員　なんか。景色すぎて。

悦子　きれい。富士山みたい。

まつり　見たことある？

悦子　ないけど。

店員　でも。津軽富士って言うらしいですよ。

まつり　そうなの？

店員　確か。岩木山の別称です。

まつり　へー。えっちゃん正解じゃん。津軽富士だって。

悦子　そっか。これ富士山か。

まつり　ね。

悦子　これだけおおきなものでも忘れられるんだもの。なんかちょっと安心した。

窓の外を悦子は見続けていた。

悦子　おおきなものなのに。忘れてしまうのではないんだと思う。いやでも毎日見なければならないほどおおきなものだからこそ忘れられる。だからちょっと安心した。あたしが死ぬと悲しむひとがいるのも知ってる。とてもおおきなことととして。いやでも毎日思わずにはいられないひとがいるのも知ってる。だけどもし本当に。そのひとにとってそれがとてもおおきなことであるなら。あたしが生きていたことと同じようにあたしが死んだことを受けとめてくれるなら。あたしのことを思い出さない日は1日だってないまま。あたしのことを忘れてくれると思う。植物が日の光に向かって葉をひろげるように。あたしのことを思い出せば思い出すほど。忘れてくれると思う。もしよかったら。あなたさえよければ。あたしと一緒に死にませんか？　2人で一緒に死にませんか？　あなたを誘わないで死ぬのだけはやめようと思った。あなたを誘えないくらいなら死んではならないと思った。いいえ。あなただけではない。あたしがひとりで死ねばきっと悲しむに違いないと思うひとたち全員を誘う気がないなら死んではならないと思った。でも。あたしは誘えた。あなたを誘えた。

まつり　嫌。

悦子は笑った。まつりの目を見て笑った。

まつり　嫌。嫌だ。あなたは山だよ。あたしが見ていた山だよ。

了

埋葬／横田創

行ったこともなければ聞いたこともない町にいる。会ったことがないひとが書いた日記が好きだ。シビウ［Sibiu］という初めて知った名前の町で平野明［Hirano Mei］は日記を書いていた。

彼女の日記を読むことは見ることだった。ついさっき、あるいは舞台を観に行く前に、照明の仕事をしたあとの休憩時間に彼女が撮った写真を見ながら行ったことがない町のコーヒーを飲み、タバコを吸うことだった。

わたしはシビウにいた。ブカレストから来たカンパニーの舞台を観た帰り道。時計台がある建物の影が膨らみ夜になった。町でいちばんの広場でわたしはサーカスを見ていた。実はもなにも会ったことがない彼女と会ったことがあるつもりで「素晴らしいね」とわたしは話しかけていた。

隣りに彼女はいなかった。代わりに手紙が届いた。こんな殴り書きの日記を読んでくださってありがとうございます。

読んだこともなければ聞いたこともない言葉で話すひとの話を聞いている。本を読むことは会ったことがないひとに会わないまま会うことだ。バイト先の店長にすすめられた小説（埋葬）を読んだ平野明は演劇の照明をしながらときどき台本を書いていた。

富士山はもちろん知ってはいたけどファミレスの窓からはみ出るくらい近くで見たことはなかった。廃墟になったホテルのプールの底にテントを張ったことなんてあるわけなかった。なのに彼女は辞書か聖書のように埋葬を持ち歩いていた。

去年の夏。書いた本人［Yokota Hajime］に連絡をとり、台本を読んで欲しいと伝えた。なら新作がいい。あたらしく書いたものが読みたい。書きかけでもいいから送って欲しいと言われた。海の近くで暮らしている。会ったことがないひとだった。

書いても書いても埋葬になった。埋葬の埋葬になった。自分でも知らないうちに埋葬語しか話すことのできない人間になっていた。

なにもできないまま夏が終わった。秋になり冬になった。ならばいっそとばかりに埋葬を上演するための台本にした。A４サイズの封筒に入れ郵送した。

数日後。「届いた」とメールが届いた。まだ空に月が残る明け方。住所を書いて送ったら届いたというただそれだけの事実に驚き、喜び合った。会ったことがないひとに会ったことがないまま会ってしまった。

離陸するときはいつもなにかを思い出せそうな気がする。言葉という名の電車を乗り継ぎ丘のほうへ。千の丘のほうへ。

手紙はすごい。どこにでも行ける。言葉だけの演劇。おしゃべりするだけのご飯をむさぼりつづける。白夜も白夜。まっ白な夜。

世界で最初にできた遊園地の観覧車。サークル。サーカス。サーカムスタンス。サドルのない自転車で立ち漕ぎ。プルコギ。プルトニウムの状況証拠。全力の言い訳。善逸の涙。ワイオミングの州都はどこ?

部屋に戻っても。ひとりになっても眠れない。魂が追いつかない。夜が発光している。0日目。

言葉が言葉と、言葉だけで語り合っている。焚き木のない焚き火は朝までだって見ていられる。自分の小説が原作の台本の自分が書いたわけではないセリフのやりとりだけがおもしろかった。耳を奪われた。電車を乗り過ごした。

オンラインで最初の打ち合わせをした。平野明にあなたの埋葬を書いて欲しい。小説を台本にするのではなく埋葬をやる。やってみて欲しいとむちゃ振りをした。舞台照明の仕事でホテルに滞在していた彼女は叫び、のけぞった。

わたしは埋葬を書いただけで平野明のようには埋葬を読んではない。当たり前だ。埋葬を読むことで平野明が経験した世界を、見た風景を見た通りに書いて欲しい。女だけ［Among Women Only］の埋葬を読んでみたいとわたしは提案した。

最初に送られてきた封筒に押された日付から1ヶ月が過ぎたころ。わたしが書いた小説が行ったこともなければ聞いたこともない町にいる。青森の知らない町が舞台の物語になって帰ってきた。

語ることのできないものについて語ることはできない。当たり前だ。語ることは語り直すことだから。わたしたちは語ることができたものしか語ることができない。思い出したことがあることしか思い出せない。

わたしたちは前に間違えた道をまた同じように間違えてしまう。間違えた道の先で、どうにかこうにか目的地にたどりついた。その通りの道をもう1度なぞるようにしてしか目的地にたどりつけない。間違えではない道などこの世に存在しない。

撮りたい風景が目の前にあるから、あったからカメラのシャッターを押した。わたしたちはそう信じている。けど実際は、前にどこかで見ていいなと思った写真みたいな写真が撮れそうな風景が目の前にあったから、あると思ったからシャッターを押したのだ。スマホで撮りためた風景（写真）の中からインスタにアップする写真（風景）を選ぶときも同じだ。わたしたちはいきなり2度目の人生を生きている。最初から。ずっと。最後まで。

ずっと。

表現するとはつまりこの絶望＝反復［キルケゴール］と向き合うことだ。正面から向き合わなければ最初の風景を見ることができる。最初の人間にだってなることできる。

2度目の前は0度目だ。わたしたちは1度目のない人生を生きている。1度目を生きていると言い張ることもできる。ただしそのときは理性の光が差さない闇の中を生きる＝死ぬ（純粋に経験する）ことになる。

水の中に水があるように。土の中で土を食べるミミズをモグラが食べるように。植物が日の光に向かって葉をひろげるように。猟師は熊を撃ち。牛は草を食み。空の高いところを雲は流れている。生も死もない。前も後ろも右も左も1度目も2度目もへったくれもない。夜の厚みはわたしたちに絶望することさえゆるしてはくれない。

あたしが生きていたことと同じようにあたしが死んだことを受け止めてくれるなら。あたしのことを思い出さない日は1日だってないまま。あたしのことを忘れてくれると思う。植物が日の光に向かって葉をひろげるように。あたしのことを思い出せば思い出すほど。忘れてくれると思う。（『窓／埋葬』）

悦子が見た風景を平野明は見ると覚悟した。自分のこの目で見ると決めた。待っていたのは書き直しだ。わたし［Yokota Hajime］が書いた、いきなり2度目の小説（埋葬）を書き直し。書き直したものをまた書き直し。反復の反復。経験の経験。日記の日記を書くように。彼女はきょうも書き直しをしている。

バイトに行かなければならないぎりぎりの時間までわたしと書き直しの打ち合わせをした平野明は帰宅したいま。きっとひとりでまた書き直しをしている。永遠から少しだけ、ほんの1日だけはみ出したバルコニーの上でこの本を書いている。

わたしもいまこれを書いている。いまのいま。これを書いている（と書いている）。会ったことのない彼女を。もう2度と会えないひとのように思い出している。

平野明（ひらの・めい）

舞台作家。青森県出身。１９９７年生まれ。武蔵野美術大学造形学部空間演出デザイン学科卒業。在学中（2017年）に手手（元・夜のピクニック）を結成し、劇作をし始める（『ショートケーキと往復書簡［2018］』『シアノタイプ［2019］』『まぶたのルート［2020］』『髪の島［2021］』など）。2023年『窓／埋葬』を執筆する。本書は初の著書である。

手手　公式サイト
twitter.com/teteotetetetote

横田創（よこた・はじめ）

作家。埼玉県出身。１９７０年生まれ。早稲田大学教育学部中退。演劇の脚本を書くかたわら小説の執筆を始め、2000年『（世界記録）』で第43回群像新人文学賞を受賞。2002年『裸のカフェ』で第15回三島由紀夫賞候補となる。著書に『（世界記録）』『裸のカフェ』（以上講談社）『埋葬』（早川書房）『落としもの』（書肆汽水域）がある。読書会や書籍の販売・発行を通じて読者の自由を追求する小さな書店「双子のライオン堂（東京・赤坂）」から短編小説を無料で配布・配信するプロジェクト『わたしを見つけて』を進行中。

『わたしを見つけて』公式サイト
findme.liondo.jp

窓／埋葬
２０２３年３月31日　初版発行

著者　平野明
校正　矢木月菜
挿画　飯田千晶
装丁・組版　中村圭佑
編集　竹田信弥

発行元　双子のライオン堂出版
東京都港区赤坂　六－五－二一－一〇一
http://liondo.jp